Todos los libros de Linkgua Ediciones cuentan con modelos de Inteligencia Artificial entrenados por hispanistas. Pregúntale al chat de tu libro lo que desees acerca de la obra o su autor/a.

Para ebooks: Accede a nuestro modelo de IA a través de este enlace.

Para libros impresos: Escanea el código QR de la portada con tu dispositivo móvil.

Obtén análisis detallados de nuestros libros, resúmenes, respuestas a tus preguntas y accede a nuestras ediciones críticas generativas para una experiencia de lectura más enriquecedora.
La transparencia y el respeto hacia la autoría de las fuentes utilizadas son distintivos básicos de nuestro proyecto. Por ello, las respuestas ofrecen, mediante un sistema de citas, las fuentes con las que han sido elaboradas.

Ramón de Palma y Romay

Matanzas y Yumurí

Barcelona 2024
Linkgua-ediciones.com

Créditos

Título original: Matanzas y Yumurí.

e-mail: info@linkgua.com

Diseño de cubierta: Michel Mallard.

ISBN rústica ilustrada: 978-84-1126-819-6.
ISBN ebook: 978-84-9953-333-9.

Sumario

Brevísima presentación

La vida

Ramón de Palma y Romay (La Habana, 1812-1860). Cuba. Estudió en el Seminario de San Carlos y ejerció la abogacía desde 1842. Durante sus estudios universitarios dirigió el colegio La Empresa, en la provincia de Matanzas. Palma escribió cuentos, novelas cortas y poemas. Su obra «Matanzas y Yumurí» introduce el siboneísmo en la literatura cubana. Asimismo Palma fundó y dirigió el Aguinaldo Habanero y El Plantel, y colaboró en muchos otros periódicos. Sus primeros poemas aparecieron con el seudónimo Sr. Alfonso de Maldonado. Durante los últimos años de su vida estuvo en prisión debido a sus ideas políticas a favor de la independencia de Cuba.

Matanzas y Yumurí

I. Los novios

Ahora más de trescientos años, ¡qué maravilloso aspecto no presentaba nuestra Antilla a los ojos del navegante aventurero que iba costeando sus riberas! Hijo de un mundo antiguo, trabajado por la industria y las rivalidades de los hombres, veía alzarse en todo su vigor aquella primitiva y espléndida naturaleza, conocida de él hasta entonces solo por poéticas descripciones.

Inmensos bosques y colinas, vestidos de frondosidad y verdura inmarchitables; llanuras solitarias, cubiertas de lindas flores y abundosos pastos; costas interminables, tajadas de muchos y espaciosos puertos, y abiertas en mil partes por dulces, claros y fecundos ríos; nubes de extrañas y preciosas aves, perdidas en el fondo de una atmósfera que los rayos del Sol poniente de infinitos colores matizaban; y en medio de esta peregrina y sorprendente escena, algún rústico caserío, o una errante canoa, donde se presentaba el hombre, un hombre de otra especie, a completar el nuevo cuadro de la naturaleza.

Cuando el arrojado viajero pisaba esta tierra aún no explorada, no veía en torno suyo aquellos objetos tan familiares en su viejo mundo. El hombre aquí, ignorante de toda policía y estudio, ni comprendía la fuerza de las leyes, ni entendía los manejos de la política, ni conocía la necesidad de las ciencias y la industria. Rudo, sencillo y supersticioso, todo aquello que no había visto, o no se le asemejaba, lo calificaba de cosa sobrenatural y divina: así era que besaba humildemente los vestidos del miserable pechero, que había sufrido los desprecios de los altos señores de su tierra, y que había sentido crujir sus carnes bajo el duro látigo de su mayor o del verdugo. Empero, aunque las pasiones civiles no agitaban el ánimo inocente de estos habitantes, ¿sus corazones vivían sin movimiento? Hay dos cuerdas en el corazón del hombre que, tocadas, corresponden con tanta fuerza e igualdad a ellas, así el hijo de la filantrópica e ilustrada Londres, como el indio más salvaje e inhumano: el amor y el odio.

En el mismo sitio en que una ciudad joven y ambiciosa desenvuelve su pintoresco y creciente caserío, y despliega a los ojos del afanoso agricultor los campos que la circundan sembrados de opulentas fincas; en este sitio donde llega, el comerciante convidado de una inmensa bahía y de abundantes ríos, y adonde va el artesano lleno de esperanza a ejercitar su industria; en este sitio, vuelvo a repetir, se veía, en la época a que nos referimos, un grupo de cabañas, tan distintas de los actuales edificios como lo eran de las nuestras las costumbres de sus moradores. Una de estas cabañas, situada en el centro de dos palmas reales, que se elevaban rectas y majestuosas como las columnas de un pórtico corintio, parecía más recientemente construida que las otras, pues verdeaban aún las pencas de guano de su cobija. Aun cuando no fuese el aire de novedad de que parecía revestida esta agreste morada, su apartamiento de las otras sería causa suficiente para fijar los ojos en ella, desde luego.

Era por la tardecita; cuando la vergonzosa maravilla abre su cáliz perfumado, semejante a la tímida doncella que solo en la noche concede a su amante una caricia, y el cocuyo luciente revolotea en los aires, buscando el almíbar de las flores, y convierte todo el espacio en cielos estrellados.

Cualquiera que haya sentido en su corazón la chispa de un amor puro, espiritual; cualquiera que haya deseado habitar con la mujer a quien adora en un vergel encantado, un paraíso, donde el cielo, la tierra, las flores, el ambiente, toda la naturaleza, en fin, respire deleite celestial y amor, que venga por las pascuas a pasar una noche templada del invierno en Cuba. Junto a la cabaña de que hemos hablado antes, se deslizaba mansamente un río, tal vez sin nombre entonces. Muy oficiosa andaba por sus riberas una joven india, cogiendo maravillas de variados colores, las cuales ensartaba con simétrico orden en una varilla de coco, al modo que lo hacen los muchachos.

Mostraba ser como hasta de dieciocho años. Era su talle esbelto y agraciado, el pie pulido y breve, y el cabello tan largo y abundante, que bajo sus hebras toda la espalda se escondía. Arrancadas de oro le pendían de la nariz y orejas; le adornaban la garganta chagualas[1] del mismo metal pendientes de collares, y toda su vestimenta consistía en un corto sayal de blanquísimo algodón, que le bajaba en airosos pliegues de la cintura hasta las corvas.

Venía de la playa hacia donde estaba la joven un mancebo indio, vestido casi de los mismos arreos; solo, sí, que estaba armado de flechas y arco, y que le ceñía la cabeza un vistoso cerco de plumajes, los cuales, en su aventajada y majestuosa talla, se asemejaban, cuando el viento los mecía, al soberbio follaje de una palma.

Traía el indio una sarta de conchas cogidas en la marina; y tan luego como llegó al lado de la joven, le fue rodeando con ella la garganta. Reíase la india, y mientras él la adornaba de este modo, le iba colocando ella las maravillas entre las plumas de su penacho.

—Hermana de las flores —le dijo el indio después de haberla contemplado—, tú estás más linda que el cielo de Cuba en una noche sin Luna.

1 Unas pequeñas láminas. [N. del A.]

—Hermano de las palmas —contestó ella—, tú eres más hermoso que el gran monte[2] con todos sus árboles, cuando un nuevo Sol alumbra sus laderas.

—Hija de Guaimacán —repuso el indio, señalando la cabaña que hemos descrito—, allí está mi nueva casa: dos hamacas cuelgan del techo, una al lado de la otra: esta noche los zemís[3] de mi cabaña harán alianza eterna con los tuyos. Cuando los dos vivamos juntos, yo mataré para ti con mis flechas los pájaros de la ribera; yo te cogeré con mis redes las tortugas y los peces del mar; yo te traeré de los bosques el algodón para que tejas; y yo iré en mi piragua a las grandes canoas de los blancos a traerte todas las maravillas del turey[4] para que adornes tu cuello y tu cintura.

La hermosa india escuchaba embelesada las promesas de su amante; no tenía, sin embargo, necesidad de ellas para adorarlo, pues Ornofay, que así era su nombre, estaba adornado de tan eminentes prendas, que en vano se buscaría por todas las provincias de Cuba mancebo alguno que le igualase. No era nacido en esta isla; su altiva mirada e impávido semblante, sus miembros ágiles y corpulentos, y su genio marcial y emprendedor, daban a conocer su descendencia de caribes; mas la dulzura del clima, el hábito de la paz, y el comercio del amor, habían modificado de tal modo los nativos rasgos de su fiereza, que en él se convirtieron en generosas dotes de todas las feroces cualidades de su raza.

En una de las muchas excursiones que hacían los caribes por estos mares, asaltaron el pueblo de Guaimacán. La madre de Ornofay, conforme a la costumbre de los suyos, se mezcló también con los hombres en la pelea, llevando a su

2 El Pan de Matanzas. [N. del A.

3 Espíritus medianeros entre el hombre y Dios. [N. del A.]

4 El cielo. [N. del A.]

hijo colgado de la espalda: era corto el número de los caribes, y, agobiados de la gran muchedumbre de los cubanos, tuvieron que huir a sus canoas. Cayó la mujer en la fuga herida de una flecha; y dolido Guaimacán de la tierna infancia del huérfano, lo crió a su lado, hasta que, creciendo en años, desplegó tal destreza, generosidad y valentía, que era el ídolo de su pueblo, y la admiración de los caciques convecinos.

Tenía Guaimacán una hija llamada Guarina que había de heredarle en el mando, y pensó enlazarla con Ornofay, para que fuesen ambos los jefes de su tribu. La hija era la india de que hemos hablado, y la noche destinada para el matrimonio había llegado.

II. Las bodas

Volvamos a nuestros amantes que; embelesados con las ilusiones de su felicidad, se iban dirigiendo lentamente al pueblo. Las cabañas de éste formaban un cuadro, en cuyo centro había una plaza, donde estaba toda la tribu reunida. Ocupaban tres lados de ella largas hileras de indios, sentados en gruesos troncos de palmas; en el medio había una especie de estatua grande labrada de madera, y ardiendo en su rededor varias candeladas. Holgábanse los indios en extraer el humo de una hoja aromática, torcida en forma de rollo, la cual introducían por un extremo en la boca, aplicando el otro al fuego.

En el lado opuesto de la plaza, en asientos más elevados, estaban el cacique y varias personas de otra raza, de color distinto, de modales diferentes, y vestidos y armados a su modo. Había entre ellos dos mujeres: la una mayor, la otra joven, como si fuesen madre e hija. También ocupaban este puesto de preferencia los behíques[5] y los músicos. Uno de los primeros, que estaba sentado a los pies del cacique, miraba a la joven de otra raza con los ojos fascinadores de un majá, a tiempo que llegó Ornofay con su novia: volvió el behíque los ojos, y al encontrarse con la mirada fija del caribe, bajó el rostro confundido. Ya ellos se entendían.

Los novios se sentaron al lado del cacique; hubo un gran rato de silencio. Guaimacán se levantó con grave continente, se quitó del cuello unas sartas de pedrezuelas, a las que dan los indios simbólica significación, y empezó a hablar en estos términos:

5 Sacerdotes [N.del A.]

—Las lunas se han cansado de alumbrar los montes desde que yo estoy a la cabeza de mi pueblo; cuando mi padre murió, aún no había nacido la gigante ceiba en cuyo tronco se apoya hoy mi cabaña; los zemís de mi casa tuvieron siempre paz con el vecino; solo el comedor de hombres vino a turbar nuestro reposo; pero Abal[6] es justiciero —dijo, y arrojó un collar al suelo.

—Hermano —prosiguió—, un buen jefe es como la lluvia cuando cae sobre la tierra cuarteada por la sed en la Luna de las aguas; y un mal jefe es como el guao, que al que se acerca a su sombra le inficiona. La voz de mis padres ya me llama; mi hija es débil como el bejuco; necesita de un fuerte guayacán que la sostenga. Hermano, Ornofay será su esposo y vuestro jefe —dijo, y arrojó otro collar al suelo.

Levantóse en toda la plaza un grito como en señal de aprobación. Entonces el anciano cacique, cogiendo a Ornofay y a Guarina las manos, los llevó enfrente del ídolo situado en medio de la plaza. Colocó uno de los collares que había arrojado en el cuello del indio, el otro en el de la india, y tomando de las manos del behíque una especie de diadema tejida de algodón y plumas, quitóle a Ornofay sus penachos, y colocóle aquélla.

Concluida esta ceremonia, todo el concurso se puso en movimiento. Los músicos agitaron tambores y panderetas; y enlazados los indios por las manos bailaban alrededor del ídolo, cantando unos cantares a que ellos dan el nombre de areítos. Aquellos individuos de otra especie, que hemos visto se hallaban al lado del cacique, contemplaban la fiesta desde su apartamiento, con una mezcla de atención y sonrisa desdeñosa, que dejaban traslucir cierta repugnancia, aunque se conocía que no les causaba extrañeza el espectáculo. Prin-

6 Dios del bien. [N. del A.]

cipalmente la joven que estaba entre ellos, nacida sin duda en otros climas, y criada en las costumbres de una nación civilizada, miraba aquel cuadro original y salvaje con toda la curiosidad y exaltación propias de su sexo y de sus años. Tan pronto se ponía pálida al oír un alarido formidable que atronaba el monte, lanzado por toda la tribu; tan pronto se reía al notar un adorno extraño, o al ver la actitud extravagante de algún indio. Una vez volvió su linda cara, rebosando en risa hacia un lugar solitario de la plaza, y allí se encontraron sus ojos con los del behíque que, inmóvil como el mismo ídolo, la miraba con aquella especie de mirada fascinadora de que ya hemos hablado. La joven se estremeció y ocultó su cabeza en el seno de la otra mujer que parecía ser su madre; ella había adivinado lo que pasaba en el corazón de aquel salvaje.

III. El entierro

Ya la fiesta se había terminado; la noche y el sueño reinaban en la naturaleza. La amistad, la inocencia, la precaución, el valor, todas las virtudes y nobles pasiones del mortal dormían; solo velaba la maldad. Enfrente de la gran cabaña donde estaban recogidos la joven extranjera y sus compañeros, se veía de pie un bulto, inmóvil, envuelto en una manta de algodón, mirando como si quisiera abrasar con sus ojos las secas yaguas de la cabaña, y oyendo como si quisiera recoger en sus oídos el aliento de una sola persona, entre la respiración de muchas.

Dejemos en su actitud a este personaje, y mientras él toma alguna resolución, pasemos a describir otros acontecimientos anteriores, necesarios para la inteligencia y enlace de esta historia.

Un mes antes de la noche en que nos hallamos, había fracasado en la vecina costa un buque español. Los indios de esta comarca, que ya conocían a los blancos, y no habían recibido de ellos hasta entonces más que beneficios, volaron a darles socorro en sus canoas, y les ofrecieron con veneración y respeto sus cabañas y todos sus haberes.

Algunos de los náufragos, deseando encontrar gente de su nación, emprendieron nuevo viaje por aquellas tierras selváticas, siguiendo el rumbo de los establecimientos españoles; otros, y entre ellos el que venía mandando el buque, con su mujer e hija, que son de las que hemos hablado, permanecieron con los indios, agradados de su hospitalidad y candor, y esperando más bien la ocasión de reunirse a los suyos, antes de ir a buscarlos, descaminados por entre bosques y fragosas breñas.

Los indios y los españoles habían vivido todo este tiempo como hermanos. Empero, con los blancos venía una joven dotada de toda la brillantez y lozanía de una belleza desconocida a los salvajes. Ellos la miraban como cosa del cielo; mas el behíque, que por su profesión se creía identificado con la divinidad, y no había amado hasta entonces mujer alguna, se figuró, en la exaltación de su fanatismo, que aquella hermosura celestial era la única digna de su ser; y la amó con todo el ardor de un salvaje y el delirio de un fanático.

En medio de su pasión era bastante sagaz para conocer que los blancos nunca le darían la joven, y percibió desde luego la repugnancia con que ésta lo miraba. Irritada su pasión, trató de inducir a Ornofay a que acabase con los blancos, manifestándole sin cautela sus deseos. Este noble indio, lleno de indignación, le amenazó con la muerte si no abandonaba sus proyectos criminales. Ornofay era más valiente y fuerte que él, y tenía el mando de la tribu que le amaba; así el behíque ahogó su pasión y su vergüenza, mientras iba formando en lo oculto de su incendiado corazón mil planes sanguinarios de amor y de venganza.

Amanecía ya cuando los indios, saliendo de sus cabañas, se dirigían a la ribera donde estaban las canoas. Los preparativos eran de una pesca. Algunos traían cuerdas de majagua con anzuelos de madera endurecida al fuego; otros arrastraban grandes redes de algodón, y otros hacían provisión del pez guaicán, para la pesca de la tortuga. La mañana era deliciosa. Un aura suave cargada todavía con los vapores de la noche, y la miel y la fragancia de las florestas, llenaba de frescura y de dulces olores la marina. Inmensa variedad de aves, revoloteando en las ramas de árboles corpulentos y desconocidos, saludaban con nuevos tonos la aurora de los trópicos. Ya a más andar se asomaba el Sol por las cumbres que cierran el horizonte hacia Oriente, derramando profusamente en las nubes y en la tierra todas las varias tintas con que se matizan los pájaros, las flores y las piedras. El campo parecía vestido de gala; lujosos festones de blancos y azules aguinaldos colgaban de los bosques y laderas; y el aromoso romerillo, semejante a un blanco velo recamado de oro, cubría con sus flores toda la extensión de los desmontados valles y colinas.

Salían a la superficie de las aguas a contemplar la nueva luz infinidad de peces, los cuales, más que de escamas, parecían vestidos de esmeraldas y rubíes, y otros preciosísimos esmaltes con que se adornan de preferencia en estos mares. Horno ay, había llegado con su novia; sus corazones rebosaban en la vida y felicidad de que parecía henchida la naturaleza. El viejo Guaimacán había querido permanecer al lado del fuego en su cabaña. Todo estaba listo para la partida, mas no habían llegado todavía los blancos ni el behíque. Ornofay vio salir a los primeros de su cabaña, y al segundo que venía del bosque por el lado opuesto.

Serían los españoles en número de doce, y, cuando llegaron a la ribera, se detuvieron al frente de los indios formados en columna; ellos los miraban sin sospecha alguna. Llegó el behíque también con mesurado paso; y quitándose del cuerpo una sarta de conchas arrojóla al suelo. Este era el tahalí de la paz entre los indios; así fue que permanecían tranquilos; pero los españoles; poniendo al punto —mano a las espadas, se arrojaron sobre aquella multitud inmóvil y asombrada, hiriendo y matando sin ninguna resistencia.

Ornofay fue el primero en volver en sí, y agitando su hacha de pedernal en los aires, les gritó a los suyos:

—¡Traición, traición, hermanos! ¡Venguemos como hombres este ultraje!

Grande era el número de los indios; y aunque algunos huían aterrados del estrago de las armas enemigas, otros muchos cargaban al ejemplo de su jefe, y ya cuatro españoles, a pesar de las fuertes armaduras, habían lanzado el alma a los continuos golpes de las hachas y los chuzos.

En lo más recio de la pelea advirtió Ornofay que el behíque, que se había mantenido sin combatir del lado de los españoles, huía hacia el bosque, llevando aferrada entre sus brazos a la beldad extranjera, que pugnaba por desasirse inútilmente. Un relámpago de luz hirió la viva mente del caribe en aquel punto, y concibió que la imprevista contienda en que se hallaba, era sin duda resultado de alguna oculta trama del behíque.

Ardiendo en cólera y venganza, corre hacia él con el hacha levantada; el padre de la joven, que veía en el behíque su libertador y amigo, pensó que Ornofay iba a cebarse en él y su inocente hija; no pudiendo seguirle en la carrera, se dirige lanzando gritos amenazadores a la infeliz Guarina que, apartada algún tanto de los combatientes, había estado mirando absorta la pelea.

La india, amagada de la formidable arma, huye despavorida; y creyendo encontrar asilo y protección en la naturaleza, se abraza fuertemente al tronco de una palma; allí la sin ventura sintió la acerada punta abrirse centelleando por sus carnes un camino; y queriendo expresar sin duda en el idioma de su enemigo el terrible dolor y angustia que la acababa, lanzó al caer al suelo un agudo grito, diciendo:

—Yu-murí.

Ornofay había descargado el hacha sobre la cabeza del infame raptor, cuando retumbó el grito de muerte en sus oídos. Vuelve azorado el rostro, y ve a su esposa de una noche rodar ensangrentada por el suelo. Todos los afectos murieron en su corazón, toda memoria se extinguió en su mente. Frenético, insensato, corre al cadáver de su amante, la estrecha entre sus brazos, y le agita en los aires haciendo movimientos convulsivos y espantosos.

Los españoles, que siempre veían en Ornofay su más terrible enemigo, le cercan, le apremian. Él se sacude con la fuerza y velocidad de un remolino; pero al fin, traspasado de cien heridas, titubeante, estrecha con doble fuerza el cuerpo de su amada, y no conservando otra memoria que la de aquellas terribles palabras que habían resonado por la última vez en sus oídos, se lanzó al río gritando:

—Yu-murí.

Apenas vieron sucumbir a Ornofay, que se desbandaron los indios azorados, quedando solamente algunos prisioneros de los españoles. Acudieron éstos adonde estaba el behíque, su supuesto amigo. No había muerto el miserable; y aterrado sin duda a la idea de aparecer ante el formidable Tuira, dios de los tormentos, llamó a los indios, y les declaró su pérfida trama en lastimeras y cotadas voces.

Cuando por la noche dejamos aquel bulto, que era el behíque, frente a la cabaña de los españoles, él pensaba en su interior:

—Los blancos son fuertes y soberbios: ¿cómo quitarles su belleza? Además, si yo logro arrebatarla, Ornofay es sagaz y mi enemigo: ¿dónde podré ocultarla de sus ojos? ¡Ah!, si los zemís del mal me inspiraran el medio de acabar con todos.

Un proyecto infernal vino entonces a inflamar su idea. Acercóse resuelto a la puerta de la cabaña, y llamó con cautela: los españoles le recibieron alarmados.

—Blanco —dijo él, dirigiéndose al padre de la joven que le parecía ser el principal—; mañana van mis hermanos a una gran pesca, vosotros seréis la presa. Cuando se hayan alejado de la ribera, volcarán las canoas, y os matarán en las aguas sin defensa. Vosotros sois hijos del cielo, y Abal me ha ordenado vuestra conservación. Ahora todos mis hermanos velan, y no podréis sorprenderlos: si mañana os quedáis aquí, seréis quemados en vuestra cabaña. Id cuando amanezca a la ribera bien armados; yo estaré allí, porque quiero salvaros; yo aprovecharé la ocasión oportuna; cuando arroje mi collar al suelo, echaos sobre Ornofay y los suyos, pues ellos son traidores; y si no queréis hacer lo que os digo, seguid vuestro destino.

Los españoles, que no tenían ninguna garantía de la fidelidad de los indios, siguieron en un todo, como se ha visto los consejos del behíque, creyendo que obraban en justicia, y violentados de una necesidad imperiosa.

Cuando los indios, que recibieron su declaración, hicieron comprender a los españoles que todos habían sido víctimas de su intriga, quedaron penetrados de horror y de tristeza. Al punto se dirigieron al sitio del combate, dejando en libertad a los indios, que los seguían sin embargo con respeto, haciendo mil extremos de dolor. Los españoles recogieron los cadáveres de sus compañeros, y les dieron sepultura, cumpliendo con el último ministerio de la amistad y de la religión. Los indios, que observaban esta fúnebre ceremonia de los blancos y veían sus lágrimas, quisieron imitarlos, y sacando del río los cadáveres de Ornofay y Guarina, los colocaron al lado de la misma palma a que ella se abrazó. Allí, según sus usos, danzaron en círculo, entonando cantares lastimeros, en que celebraban los hechos y virtudes de los dos amantes, y lamentaban su muerte sin consuelo, Los españoles lloraban por sus penas, y por la extrema aflicción de los salvajes, Todos los corazones se habían identificado por una causa común, la desgracia.

Cuando cada cual hubo cumplido con los últimos deberes, y estuvieron bajo de tierra todos los cadáveres, menos el del behíque, que ninguno osó tocar, resolvieron, tanto españoles como indios, alejarse para siempre de aquellos lugares, e irse con el viejo Guaimacán a morar en las cabañas de un cacique que tenía su pueblo allí cercano.

Empero Guaimacán, que había vivido lo bastante para ver la destrucción de su pueblo y la muerte de sus hijos, dijo que quería morir; y conforme a la costumbre de los indios, se acostó en su hamaca, y tomó una preparación de yerbas, que extinguió bien pronto los débiles espíritus que aún animaban su arruinado cuerpo. Entonces, todos se alejaron de aquel sitio.

El tiempo y los trabajos fueron consumiendo a casi todos los españoles, y cuando el V. padres fray Bartolomé de las Casas, a quien los indios apellidaban Santo, vino hacia la parte occidental de la isla en la expedición de Narváez, le fueron presentados por un cacique tres blancos españoles, dos señoras y un hombre, que son el padre, la mujer y la hija que han figurado en esta historia.

Años después, al fundarse una población en el mismo sitio que fue teatro de los acontecimientos referidos, se le dio a ésta, conservando la tradición de la tierra, el nombre de Matanzas, y a uno de los ríos que la bañan, el mismo donde se lanzaron los amantes, se le llamó, de la exclamación que ellos hicieron, Yu-murí.

Libros a la carta

A la carta es un servicio especializado para

empresas,

librerías,

bibliotecas,

editoriales

y centros de enseñanza;

y permite confeccionar libros que, por su formato y concepción, sirven a los propósitos más específicos de estas instituciones.

Las empresas nos encargan ediciones personalizadas para marketing editorial o para regalos institucionales. Y los interesados solicitan, a título personal, ediciones antiguas, o no disponibles en el mercado; y las acompañan con notas y comentarios críticos.

Las ediciones tienen como apoyo un libro de estilo con todo tipo de referencias sobre los criterios de tratamiento tipográfico aplicados a nuestros libros que puede ser consultado en www. linkgua. com.

Linkgua edita por encargo diferentes versiones de una misma obra con distintos tratamientos ortotipográficos (actualizaciones de carácter divulgativo de un clásico, o versiones estrictamente fieles a la edición original de referencia).

Este servicio de ediciones a la carta le permitirá, si usted se dedica a la enseñanza, tener una forma de hacer pública su interpretación de un texto y, sobre una versión digitalizada «base», usted podrá introducir interpretaciones del texto fuente. Es un tópico que los profesores denuncien en clase los desmanes de una edición, o vayan comentando errores de interpretación de un texto y esta es una solución útil a esa necesidad del mundo académico.

Asimismo publicamos de manera sistemática, en un mismo catálogo, tesis doctorales y actas de congresos académicos, que son distribuidas a través de nuestra Web.

El servicio de «libros a la carta» funciona de dos formas.

1. Tenemos un fondo de libros digitalizados que usted puede personalizar en tiradas de al menos cinco ejemplares. Estas personalizaciones pueden ser de todo tipo: añadir notas de clase para uso de un grupo de estudiantes, introducir logos corporativos para uso con fines de marketing empresarial, etc. etc.

2. Buscamos libros descatalogados de otras editoriales y los reeditamos en tiradas cortas a petición de un cliente.

Lk

www.ingramcontent.com/pod-product-compliance
Lightning Source LLC
La Vergne TN
LVHW101934220826
846093LV00009B/459

* 9 7 8 8 4 1 1 2 6 8 1 9 6 *